À ma fille, Sidonie.
C. D.

11, rue de Sèvres, Paris 6e
Loi n° 49.956 du 16 juillet 1949 sur les publications destinées à la jeunesse : août 2020
Dépôt légal : janvier 2021
Imprimé en France par Gibert Clarey Imprimeurs à Chambray-lès-Tours (37)

ISBN 978-2-211-30850-2

Clothilde Delacroix

Sidonie Souris

Moucheron
l'école des loisirs

Voici la maison
de Sidonie Souris.

Voici Maman Souris.

Voici Papa Souris.

Voici Tilly, le cadet des Souris.

Et voici Sidonie. Ce que Sidonie
aime par-dessus tout,
c'est écrire des histoires.

Des histoires d'aventures…

… dont elle est l’héroïne.

Sidonie écrit
tout le temps…

… partout…

… et à tout instant.

Mais voici qu'un jour
Sidonie n'a plus d'idées.

Rien.

Zéro.

Nada.

Elle s'ennuie affreusement.

C'est alors que Maman
lui demande d'aller chercher
des coquelicots à la rivière.

«À la rivière!»
s'exclame Sidonie,
«Mais c'est loin!»

«Tu partiras tôt
demain matin. Une
bonne promenade
te fera du bien.»

«Mais tu penses
que je suis
assez grande ?»
s'inquiète Sidonie.

«Tu es parfaitement
assez grande et
je suis sûre que
tu peux le faire»,
assure Maman,
pleine de confiance.

Le soir venu, Sidonie se couche
de bonne heure.

Elle se lève tôt, avant tout le monde,
et allume le feu.

Elle fait sa toilette…

… descend au garde-manger…

… prépare sa sacoche…

… avale un petit déjeuner…

… et la voilà partie.

Sur le chemin, Sidonie
marche à bonne allure
et ne s'ennuie pas.

Mais, arrivée à la rivière,
elle ne trouve pas les coquelicots.

Elle décide d'aller voir plus loin.

Encore plus loin…

… et toujours plus loin.

Les voilà enfin,
les fleurs de Maman !

Sidonie en cueille quelques-unes…

… et fabrique un panier pour les emporter sans les abîmer.

Mais maintenant il est trop
tard pour rentrer, la nuit est tombée.
Sidonie espère que Papa et Maman
ne vont pas trop s'inquiéter.

Voilà une sacrée aventure
à raconter, songe Sidonie
en s'endormant.

Le lendemain, sur le trajet du retour,
Sidonie croise Edgar,
un ami de la famille.

Il lui propose de la raccompagner.

Sidonie est enfin rentrée.
Tout le monde est heureux
de la retrouver.

Maman Souris demande enfin :
« Et alors, Sidonie,
tu n'as rien à raconter ? »

Mais Sidonie ne répond pas.

Elle est déjà trop occupée.

De la même autrice à *l'école des loisirs*

Collection Moucheron

Maou et monsieur Poussin

Collection Loulou & Cie

Lolotte à l'école
La boîte de Zig et Zag
La valise de Lolotte
Lolotte et le polochon
Lolotte et le coffre à jouets
Bonne nuit Lolotte !
Le goûter de Lolotte
Lolotte se déguise
Docteur Lolotte
Le doudou de Lolotte

En tant qu'illustratrice

Collection Mouche

Oiseau oiselle (texte de Gwendoline Raisson)
L'ennui cui-cui (texte de Susie Morgenstern)

Collection Neuf

Renversante (texte de Florence Hinckel)

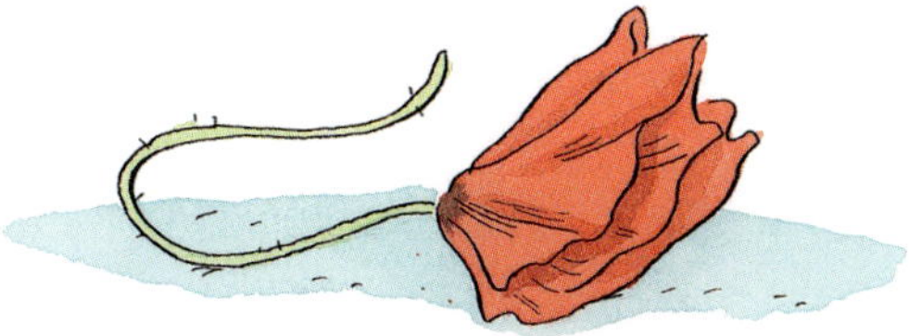